KB107103

야간비행 6

불교문예작가회

야단법석 6

불교문예
불교문예출판부

■ 인사말

무더기로 피어난 영산홍이 하얗고 붉은 등을 환히 밝히고 있습니다. 낱낱의 꽃을 자세히 들여다보니 하얀 꽃은 하얀 꽃잎과 꽃술을, 붉은 꽃은 빨간 꽃잎과 꽃술을 달고 있습니다. 북한 땅이 보이는 파주 통일문학관을 둘러싸고 있는 나무들도 살랑살랑 연초록 잎사귀를 흔들어대며 몸집을 불리고 있습니다.

사상 초유의 코로나19로 인하여 4월 11일로 예정되어 있던 통일문학관 개관식과 시상식, 시화전을 기약 없이 연기를 하였는데 이제라도 행사를 할 수 있음에 감사한 마음입니다. 코로나19는 소소한 일상이 그 얼마나 소중한 것인지 다시금 일깨워주었습니다.

긴 기다림의 시간을 통일문학관을 꾸미고 가꾸는 일에 매진하였습니다. 큰 소나무와 크고 작은 꽃나무를 옮겨 심으면서, 문학인들이 창작활동을 하고 평화통일을 기원하는 통일문학관 개관을 염두에 두고 한 권 두 권 귀한 책들을 모으던 때를 생각했습니다. 14세기 목판본 『묘법연화경』, 『월인석보』 21권 중 하권, 한용운의 『님의 침묵』 초간본, 정지용의 『백록담』, 홍명희의 『임꺽정』 초간본, 신석정의 『촛불』, 서정주의 『신라초』 등 100여 명의 근대 문학작품 초간본과 100년 전 발간된 고소설 등의 전시를 마쳤습니다.

불교문예작가회 작가 여러분들을 무탈하게 뵐 수 있음에 행복합니다. 금번 『야단법석 6』에도 옥고로 동인지를 빛내 주셔서 감사합니다.

2020년 6월

불교문예작가회장 문혜관 합장

차례

인사말

김삼의당金三宜堂을 생각하며

강 명 수

그리움이 어둠이 되었을까
깊은 규방에서 잠 못 이루는 가을 밤
천리를 달려가는 바람꽃 사이로
베갯머리에 간절한 시문을 낳아
난을 쳤던 당신

교룡산 그림자가 한양* 으로
산맥처럼 길어질 때
잘 익은 노을이
풀빛 언어로 피어난 꽃이여

한 계절의 막이 드리워지고
또 다른 문이 열린다

늘 빛만 좇다 그을은 삶이 아니었는지
땅거미를 베고 누워
혜윰**하는 긴 노래

시간의 재잘거림 속에서

당신의 기억을 안고 휘도는

시의 강물

문전자 文傳子***로 이어지며

활자별로 빛납니다

* 한양: 남편 하립의 과거시험 준비
* * 혜윰: 생각의 순 우리말
* * * 문전자: 문화적 유전자

시간의 역사*

권 현 수

화살나무 붉은 이파리 사이로
겨울이 온다
화살은 이미 시위를 떠나
과녁도 없는 허공 속에서 떨고 있는데
여름이 가고 겨울이 온다

간다는 이는 누구인가
온다는 이는 누구인가
간다간다 하여도 본래 거기고
온다온다 하여도 여기 그 자리이니**
여기가 거기고 거기가 여기인 것을

의상스님 죽비소리 천둥을 친다.

* 스티븐 호킹의 『시간의 역사』에서 인용
** 의상스님: 행행본처行行本處 지지발처至至發處

꽃 피는 미니스커트

김 경 옥

세상 뒤집어지는 일 가끔은 상큼하다
65년 윤복희 공항 패션은 일단 성공
스커트 단 한 장으로
세상 들었다 놓았지

홍수에 둑 무너지듯
운동장 이미 기울어
하의실종 판도라 패션
학교를 점령했다
선생님
눈 둘 곳 없어
붉어진 저 얼굴 좀 봐

그물

김 기 화

걸리지 않는 게
아무것도 없네

구름 저 편
번쩍이는 천둥소리

사탑처럼 기울어진
아내의 신음

소금기로 얼룩진
자식들의 눈빛

설악의 밤하늘을
휘돌아나가는
봉정암 스님 목탁소리.

그냥 지나갑니다

김동수

그냥 지나갑니다.
그리고 돌아오지 않습니다.

크고 작고
보이고 보이지 않는

그 모든 것들
어디론가 다 가고…

우물쭈물 허둥대다
한 세상 또 그렇게

지나가 버리고 말 것 같습니다.

그때그때
놓쳐 버린 그 순간들처럼

오늘 이 순간이
지금 또, 막

내 곁을 그냥 스쳐 지나갑니다.

바람 부는 봄 밤

김 명 옥

거센 바람 부는 봄 밤
꽃비 맞으며 우두커니 서 있으면
주저앉아 펑펑 울고 싶다
그 즈음 돌아가신
어머니 때문도 아니고
오래 엎드린 약속의 안부가
눈에 밟혀서는 더욱 아니다

화사하게 웃던 모습
온데간데없는 밤

컹컹
강아지도 걱정한다

사월

김 미 형

고사리가 땅에서 고물고물 솟아나는 달
겨울이 목련 꽃잎 위에 마지막 추위를 얹어놓고 떠나는 달
참새 주둥이만 한 새순이 오리 주둥이만큼 자라는 달
해님이 산과 들에 온통 연둣빛으로 색칠하는 달
겨우내 움츠렸던 시금치꽃이 피면서 줄기가 질겨지는 달
해뜨기 전에 마늘종 대를 허리 휘도록 뽑는 달
봄비가 향기로운 차 맛처럼 느껴지는 달
하늘과 강물이 연하늘색으로 순순해지는 달
메타세쿼이아 열매가 우박처럼 쏟아지고
나무는 밤마다 새순을 낳는 달

동백숲을 사들이다

김 밝 은

여기저기 해찰하다 온 동백꽃이
속세의 얼굴을 느껴보려 기척 하는 날

산문山門 입구 카페
커피 대신 겨우 찾아 내놓은 탁주 두어 병으로
까불대는 심장, 입 밖으로 내달리는 아찔한 말[言]들을 추스르다
치맛단 가볍게 들어 올리는 동백을
덥석 끌어안기 부끄러웠지만, 오매

모두들 눈독 들인 선운사 동백숲이
탁주 두어 병에 내 차지가 되었다

눈썹달도 헝클어진 머릿결로
신음하며 곁에 주저앉던 밤이었다

사람

김 서 희

누구나 다 외로운 거다

제각각의 몫으로 하루를 살고

제 산 만큼의 꿈을 엮어가는

사람 사는 모습이 매한가지다

외로운 등 하나 내보이며 산다

물안개

김 선 희

돌무더기 속에서
하얀 구름 꽃이 소록소록 피어오른다
잔잔하게 흐르던 강물도 눈을 뜨고
붉게 물든 잡풀들도 몸을 곧추세웠다

지는 가을이 못내 아쉬운지
새벽부터 한참 목 놓아 울어대던 까마귀
영주 부석사 가는 갈래 길
스쳐가던 바람도 잠시 멈추어 섰다

곱게 물든 단풍을 희미하게 보여주며
물안개가 휘감아 오르는
단양 소백산 자락 길

아버지 웃음 같은 잔잔한 강물
붉은 산 그림자 안은 채
물 속 하얀 구름 꽃이 소록소록 피어오른다

폐가 한 채

김수원

주름져 금이 가는 붉은 황토벽
검버섯 피듯 떨어져나가는 흙벽
낮달인양 기우는 지붕
무너져 내리는 처마 끝
그을음 낀 노을 속 그을음 낀 서까래

마른 잡초들 사이 웃자란 바람

문고리에 비녀인 양 숟가락을 꽂은
방문이 바람에 삐걱댈 때마다
정신이 자꾸 흐려지는 것 같아요

가는귀먹은 귀청으로 듣는
별이 뜨는 소리
뿔뿔이 흩어진 식구들의 발자국 소리

그 누군가를 기다리는 폐가 한 채.

존재

김 시 림

한 번도 자신의 뿌리를 본 적 없는 나뭇잎처럼
나 또한
진정한 나를 만난 적 없다

자아自我가 내 것이라고
눈치 못 챈 척 시치미 떼고 있지만
그것은 영원 속에서 한 순간도 멈추지 않은
지구의 자전과 함께 늘 어긋날 뿐이다

나는 내 것이 아니다
너 또한 내 것이 아니다

단지 너와 나 손을 맞잡고
서로를 음미하는 순간
살짝살짝 만날 뿐이다

경기전 용매龍梅

김 연 경

뼈 마디마디 휘어지고 늘어진 채
눈 귀 코 입, 온몸 챙겨
당신을 만날 수 있다면

아니
가까이서 숨 고르는 고요함만으로도
온몸 짜릿짜릿 저릴 수 있다면

살 한 점 허용 못한
우리 어머니 세월 같은 당신
처음에는 청매靑梅로 치장하더니
풍설을 재우고 나서
눈감았다 뜬 찰나

고개 치켜들고 용트림한 당신
이제 막
비상을 서두르는 용매여!

양羊

김용락

몽골 대평원에 양 떼들이 평화롭게 풀을 뜯고 있다
푸른 하늘에는 양떼구름이 유유히 흘러간다
이렇게 선善한 것들이 남모르게 이 세상을 이끌어가는
가 보다

상처도 꽃이 된다면

김 원 희

상처가 아문자리마다

꽃이 핀다면

만발한 꽃가지 휘청한

아름드리 나무

천년고목이네

나는

바닥 꽃

김인구

모두를 떠나보내고 난 뒤에야
앉은 자리에서 싹을 내민다.

모든 걸 놓아 버리고 난 뒤에야
슬그머니 손 내밀어 핀다.

잃을 것, 가진 것 없어
두 손 털어 버리고 가는 뒷모습에서
푸른 현기증처럼 아른대며 피어나는
바닥이라는 꽃 한 송이

바닥을 치고서야
꽃으로 피는 그 눈물 꽃의 꽃말은
일어서야지
일어서야지.

농부의 심정

김종각

늦가을 들판
지나온 삶을
조심스레 올려놓고
키질을 한다

하나 둘
벗겨져 나가는 쭉정이
미련을 갖지만
남은 것은
알곡 대신 공허뿐

뿌리 깊은 길

김창희

뱃길을 등에 지고 걸어가는 이를 보았다
낙안 포구에 내려놓은 바닷물이
해조음 긴 사설을 쓸어 담고 산길을 오르고 있었다
업혀 가는지 따라가는지 모를 가벼움이
내 몸을 스치고 지나갔다

성덕산 관음사에 내려놓은 길의 무게가
천만근 그리움으로 깊디깊은 무지개를 심는 것인가
원홍장이 보내온 석조어람관음상 앞에
심청을 받아 안은 홍련은 피고지고
심봉사 눈 뜨는 대목에 아뿔사
나는 아버지 두 눈 감는 줄도 모르고
청사초롱 불 밝힐 수繡를 놓느라 날 새는 줄 몰랐네
이별노래 전하지 못한 불효의 넋을
성덕에게 풀어볼까 심청에게 한恨해 볼까
원통전 돌계단 아래 몇 천 년 기워야할 인연 자락 풀어 놓고
한 땀으로 떼 내고 두 땀으로 기워서
눈 감은 내 아버지 청안靑眼을 밝혀보면
하늘 길 푸른 물 맑게도 비치리라

오후 4시의 빛깔

김 현 주

동양란꽃 피부가
거뭇거뭇 얼룩이 진다

싱싱했던 분홍빛 시간들 멀어져 가고
점 점

사그라지려는 향내 부여잡는 나비
가슴이 벌렁거린다

등 뒤에 매달린 햇살도 콩닥콩닥
아직은
꺼지지 않은 숨결

가만가만 세월 끝으로 다가가는
바람인 듯 아닌 듯

달항아리의 꿈

김 현 지

빛도 어둠도 몰아낸 고행의 숯굴 속

구백, 천 숨 막히게 타 올라

연기마저 산화한 무형의 시간

차라리 황홀했습니다

뼛속에 다진 마지막 말도

한낱 불순의 무게

제 모습 버린 뒤에야 만나는

제 이름 지운 뒤에야 보이는

마알간 목숨의 결정潔靜

꿈꾸는 자유만 허락하십시오.

노을

남서향

누가 걸어놓은 치마폭인가
누워 흐르는 강물 아니면
수놓인 꽃밭 같은 것

이제는
곱던 얼굴 물리시고
붉은 눈물로 새겨진
치맛자락으로 물들어 있어

노을 지는 먼산 바라보며
소쩍새처럼 울부짖다 젖은 몸

돌담 아래 우물가
수줍은 각시붓꽃 되어
새색시같은 미소 던지시던
나의 어머니

단군 후손을 찾아
— 오늘의 희망

남 영 전

신화가 된
단군할아버지
홍익인간 위업
대물림으로
남기셨다

단군왕검의 후손
지금도 찾을 수 있는지

옛날 그 풍백 발길 따라
오늘도 나는
골 골 훑으면서
삽작문 두드린다

붉은 무덤

남청강

달빛 싸늘한 2월의 동백섬도
혹한에 품었던 꽃의 열정마저
정녕 싸늘하였으랴

삶과 죽음에 여여한
선혈같은 붉은 마음 있었으니
핀 모습 그대로 지는 지조여

매서운 바람의 절벽에서
저항하듯 삶을 몰아세우더니
추락한 땅에서도 생혈을 토해내며
죽어도 추함이 없는 그 숨결
살아서도 붉지 않았으랴

한치 흐트러짐 없는 그리움은
사랑님을 무던히 떠나보낸
철벽의 가슴에도 붉게 피어났으랴
아! 꽃처럼 붉었으랴

얼음새꽃* 향사랑

노 혜 봉

불꽃 한 뿌리를 고이 벋어 간직했다
중심 줄기를 곧추 세울 즈음
포근한 눈[雪], 눈
눈물부터 빈 가지에 눈석임 스러진다

불숨이 얼음눈을 후끈! 밀어 올리자
푸르른 새잎 촉촉이 눈을 떴다

불꽃무늬가 숨결을 헤치자
눈새기꽃이라 할까 환희! 반짝,
한 겨울 여린 햇살 홈빡 받은 금빛
겹꽃잎 생생히 어긋버긋 눈 맞춤

눈부신 꽃잎 깃털을 묻어 둔, 새해
첫사랑 꽃 복품 향내가 은은한 얼음새꽃
한 생각이 맑아지는 고요로운 미소

* 얼음새꽃, 눈새기꽃은 복수초를 다르게 부르는 꽃 이름.

그가 아니면

도 신

파도야
바위가 아니라면
네가 어찌
눈부시게 부서질 수 있겠느냐!

바위야
파도가 아니라면
누가 너를 대신해
속 터지게 울어 줄 수 있겠느냐!

다행인 것끼리
아닌 듯 모른다.

밤바람

도 종 환

밤바람 몰아치는 험한 세상에

별 같은 네가 있어서 보잘것없는 내가 산다

꽃 같은 네가 있어서 외로운 내가 산다

별 같은 네가 있어서 꽃 같은 내가 산다

산정호수

류 인 명

산에 갇힌 호수

산을
떠나지 못하고 있다

너를 만나던
그날부터

네 그림자

내 안에
천년 세월이 흘렀다.

괄호

마 선 숙

진입금지 구역 하나 있다

내 속에 숨긴 괄호
횡단보도 없어 아무도 건너오지 못하는

칼에 베어서도 안 되고
돌부리에 넘어져서도 안 되는

꿈을 넣어 완성한 나만의 경계

세상에 지불하는 방세
생의 쓸개들

그래도 괄호에 의지해
세상 건넌다

건조한 지구별에서
이마에 새를 앉히듯 그렇게

등꽃이 필 때

문리보

내가 저 기막히게 얼크러져 맺힌
그대 업業이라면
오월 청보리 물결 너머 장마당에 서서
자주 끝동 가늘게 떨며
노래 부르던
애기 소리꾼이었으면 좋겠네
어설픈 소리에 던져준 엽전 몇 푼으로
달게 한 잔 걸치고
작은 손에 떡 한 덩이 쥐여서
절름절름 나를 업고 돌아오는 길
탁배기 한잔 값에 팔아넘긴 내 노래가 슬퍼서
이 보리는 팬지가 언젠데
아직도 덜 여문 네 엉덩이 같냐고
애먼 돌부리만 차던 그 나쁜 놈이 그대였으면 좋겠네
이다음 다음 생에는 꼭
나는 애기 춤꾼으로 나서
설익은 춤 팔고 돌아오는 길에
늙은 그대 등걸에 업혀 저렇게
연자주 치마 너울너울 춤추었으면 좋겠네
그때는 나 그늘 속에 피어도 좋겠네

남남북녀

문 창 길

남자는 떠난 여자와
여자는 떠나지 않은 남자와
세월이 함께 흐르는 곳에서
물 같은 또는 피
피 같은 또는 물

통일역으로 가는 몇 량의 객차에
그만큼의 밀어를 실어 보낸다

우우 바람 속에 서서

여자의 가슴 밖으로 그려지는
북국의 그림 한 점

봄산

문 태 준

쩔렁쩔렁하는 요령을 달고 밭일 나온 암소 같은 앞산 봄산에는
진달래꽃과 새알과 푸른 그네와 산울림이 들어와 사네

밭에서 돌아와 벗어놓은 머릿수건 같은 앞산 봄산에는
쓰러진 비탈과 골짜기와 거무죽죽한 칡넝쿨과 무덤이 다시, 다시 살아나네

봄산은 못견뎌라
봄산은 못견뎌라

동백꽃

문 혜 관

지독하게 추운 겨울 어느 날
눈이 많이 오던 날

어머니께서 기침을 하시더니
각혈까지 쏟더니

백설 위에
빨간 꽃, 피었다

노을

박 병 대

자연을 다비장 하는

불타는 노을

사그라든 어둠에서

별 사리 반짝이네

잘못

박 용 진

못을 친다

잘못 친 망치질로 못은 휘어져

구부러진 못자루를 조심스레 두드리니

못은 더 깊어진다

여름 산사

박 정 자

달빛이 내리고 있다
적막을 닮았다

가느다란 바람소리도
묻어 있다

원통전 앞 매화나무가
그 달빛과 바람을 받아먹는다.

문득 별의 높이가 아득하다
높다 깊다

허망한 한 생각이
나를 쓸고 간다

고요를 깨는 저 풍경소리
밤새 이리저리 나를 끌고 다닌다.

오월 사랑

박준영

숲 속,
저 지저귐

연두를 어루만지는
햇살 저

여인의 싱그러운
박하 향

소를 찾아서

박 지 선

나는 소를 찾으러 산으로 갔어요
아침에 끌어다 여기쯤 매어두었는데
어디로 갔는지 소가 보이지 않아요
그동안 길이 잘 들었다고 생각했는데
고삐만 너무 믿고 있었나 봐요

점심도 굶은 채 길도 없는 산을 헤맸지요
소의 행방을 찾으려 왼손바닥에 침을 뱉어
오른손 두 손가락을 빳빳이 세워 침을 '탁' 쳤어요
침은 사방으로 튀어 날아갔어요
어느 쪽으로 튄 침의 방향으로 갈까,
한참을 땅바닥만 내려다보았어요
소의 행방이 아닌 침의 방향을 찾고 있지 뭐예요

저만큼 소의 발자국이 듬성듬성 찍혀있네요
소도 음각의 비를 세우고 싶었나 봐요
큰 몸집의 무게만큼 깊이 찍힌 발자국에 새겨진
그 비문을 손으로 더듬어 읽다 보면 소를 찾을 수 있을까요
굵고 단단한 고삐를 들고 있는 나를 보면

소는 더 멀리 도망칠지도 모르겠어요

해는 이미 서녘으로 기울고
굵고 단단한 고삐의 무게에
누더기처럼 너덜너덜해진 나는
아침부터 들고 다닌 고삐를
내동댕이치고 돌아왔어요

소는 제집 마구간에 누워 있네요
순한 큰 눈을 끔뻑이며
긴 혀로 내 부은 발등을 핥아주었어요
잉걸불 같던 가슴이 환해져요
고삐에 묶인 건 소가 아닌 내가 묶여 있었어요

연꽃 입장에서 보면

박혜옥

물이 거꾸로 치솟거나
쓸데없이 또 흘러내리거나
흘러내리다가 화난 듯이
다시 솟아오르거나
연꽃 입장에서 보면
별반 다른 일은 아니다
뿌리를 내려
죽을둥살둥 흙을 붙잡아
꽃을 피워 보였고
벌써 여러 송이 피워 보였고
때로 잠잠하여 물이 탁해져도
연꽃 입장에서 보면 슬퍼할 일도 아니다
자체 정화시스템을 풀가동하여
꽃을 피우면 되고, 피우면 되고.

배꽃

봉창욱

한 잎 한 잎 가슴 열고
꽃향기 뿜다

엄마의 손빨래 배꽃처럼 하얗고
배꽃나무 밑에서 콩 심던 엄마
머리에 두른 흰 수건 배꽃 피었다

바람 따라 구름 따라
둥둥 떠가는 엄마 마음

배꽃 지자
엄마 등처럼 한 잎 한 잎
오무려들다

영축산靈鷲山 철쭉꽃

서지월

길 열어주는 바람도 살랑살랑
반겨주는 풀잎도 남실남실
영축산 철쭉꽃 부름 받고
통도사엘 갔더니
대웅전 부처님은 아니 계시고
계곡물 위에 뜬 산
산 위에 얹힌 꽃구름
그 아래 옷고름 고쳐 맨 철쭉꽃
온 산은 잘 차려입은
분홍치마 물결,
석가모니 부처님
공중에서 설법할 때마다
철쭉꽃 한 떨기씩
염화시중의 미소
영축산은 참선에 들었네

가을

서효륜

어젯밤
천둥소리에 놀란 조주선사가
긴 잠에서 깨었는지

인사동 거리에서 만난 한 스님이
마른 꽃잎 한 장 건네주며
가을이라고 했다

단지
마른 꽃잎 한 장 받았을 뿐인데

집으로 오는 동안
내 여린 손바닥 위에
감국이 피었다

항아리

석 전

꿩꿩
저녁 짝귀에 놀라
다급해진 꿩 한 마리

항아리 넘어
뒷산으로 가는 시선
자욱한 안개에
부서지면

생사의 경계
돌고 돌며
춤을 춘다.

설날 아침

승한

무량수 법문처럼,
하늘에서 당목이 내린다

저 당목 돌돌 말아
그녀의 옷 만들고 싶다

그녀 몸에 꼭 맞는
설빔 만들어주고 싶다

저 설빔 입으면
그녀 마음 다시 되돌아올까

그녀 마음 다시 되돌아오면
내 몸 다시 되살아날까

설날 아침
무량수 법문처럼 쌓이는 당목 바라보며

산 넘어간 그녀
온종일 생각한다

하늘 같은 일

신 광 철

한 사람이 한 사람을
사랑하는 일
하늘 같은 일이다

사람이란 이름 위에 쓴다
하늘의 마음을 실천하는
일이 사랑이라고

한 사람의 가슴에
한 사람을 들이는 일
하늘 같은 일이다

야생화

신 영 란

산기슭,
그늘진 돌부리 곁
오종종 잎사귀 둘러둘러
새초롬하게 꽃을 피웠다

인색하기만 한 햇살에
쌓인 그리움으로
깊게 짙어진 향기
바람결에 수줍게 실어 보냈더니

우연히 날아든 새의 날갯짓에
기다린 소식 인양
꽃잎의 심장엔
폭풍우가 요란하다

연꽃 한 송이

신 정 민

연잎에 물방울들
눈물 글썽이며 서로
쳐다보고 있다
먼산 바라보며 누굴 기다리는가
언덕 넘어 나귀 방울소리
아직 들리지 않는다
쏟아질 것 같은 물방울들이
그만 주르륵 굴러떨어진다
밤새 참았던 서러움
아침 햇살이 보듬어 주었는데
아무 일 없다는 듯
빙그레 웃고 있는 연꽃 한 송이
불어드는 바람에
푸른 옷자락 펄럭일 뿐
하늘은 그대로 텅 비어 있다

법고

안원찬

천오백 년 전
화엄사에 끌려왔다는 암소와 수소

한 울음이 한 울음을 껴안고 운다

새 아침과 헌 오후 두 차례
매 맞으며 운다

지금

양 지 예

마음이 몸을 깨울 수 있을 때

우리는 무엇을 할 수 있었을까

몸이 마음을 일깨울 수 없을 때

우리는 무엇을 할 수 있을까

고들빼기 김치

양 태 평

세월의 약보다 더 쓰디 쓴 고들빼기로
이제야 김치 한 통 담갔다
짜잘한 내 생애에서
나름 실한 왕고들빼기만 캐어냈다
저 세월만큼 살아 와 성긴 내 왕고들빼기
짓밟히고 절단 난 길가의 몸피들
그저 누렁잎과 티만 떼어내
드센 성깔마냥 짠한 소금물에 절구니
깊이 뿌리박은 날들이 온전히 우러난다
시집살이 간 누이의 모습처럼
안타깝고 애련한 이슬방울 맺힌 세월
고들고들 빈한한 시절의 이력들이 남다르다
끝내 토라진 듯 어우러진 생들이 모여서
한데 버무려진 왕고들빼기마다
두고두고 씁쓸해, 곱씹을수록 더 달큰하거니
가신 님 말씀인양 애틋한 맛일레라
나도 한 통 속에 담긴다.

누구십니까

여 연

내 집을 지으신 이

내 집을 가꾸신 이

내 집을 채우신 이

드디어,

내 집을 비우시는 이

열쇠도 자물쇠도 없는

입구도 출구도 없는

속도 겉도 없는

뜻 모를,

상자 하나 남기신 이

꽃잎 발원문

오 영 자

꽃들이
내게 와서
환하게 웃고 있다

가냘픈 잎새로
향기를 전하도록
그 마음을 열어 그 마음이
그윽하게 전해온다

함박웃음으로 건너오고
지상에서 가장 아름다운 언어를 지니고
조용하고 은밀하게
필담을 나누며 살랑인다

오색의 언어는
마음으로만 들을 수 있는 것
금방 들으면
금방 환해지는
마음속으로 건너온다.

마음에 닿는 순간
벌써 꽃잎과 닿는다
꽃은 나에게 예경하고
나는 꽃에게 예경한다.

화엄사 일주문 지나면

오 현 정

쉬어가라 옷깃 잡던 만월당 동백나무 아래선
휴休, 그림자가 경전이다

낯선 얼굴들이 법문이다

산문을 지나 너른 마당 올라가면
이제까지의 인연은 불이문不二門

돌항아리에 고이 담아
더 이상 엮지 않고 반듯하게 걷는다

만개한 붉디붉은 꽃 한 송이가 해탈이다

원형 탈모처럼

오 형 근

주위는 온통 푸르름
명당인가, 햇볕 좋은 데를
파헤쳐
흠집을 낸, 무덤

아직도
애타게 붙들고 싶은,
애달픈 이야기 있어
저리도
푸르름의 진격을 막고 있나

돌탑

우 이 정

바람도 잠시 쉬어갑니다
갓바위 오르는 발길들이 분주합니다

웅크리고 앉아 이리 기웃 저리 기웃거리는
돌탑 위로 소망하나 더해질 때마다
햇살은 구름 사이로 얼굴 내밀고
풀잎은 뒷짐 지고 서성거립니다

구름도 잠시 쉬어갑니다
돌탑은 구름인 양 주저앉습니다

이마 위로 하염없이 솟는 땀방울 훔치며
팔공산 갓바위 오르는 길손들
나는 잠시 두 손 모아 합장하며
흘러가는 구름친구 불러모읍니다

자작나무 애인

우 정 연

영하 30도에서 얇은 껍질을 이불삼아
버티는 강원도 원대리 자작나무가 참 궁금해
늘 만나고 싶었는데
초여름 울란바토르에서 그를 만났다

내심 반가운 마음에
자작나무, 자작나무 하면서 그 이름을 부르자
가녀린 껍질이 사르르 눈꺼풀을 떠는데
그 모진 추위를 어떻게 견딜 수 있었을까 싶은
여린 몸짓으로 살며시 눈인사를 한다

그는 부끄러운 듯
바람결을 향해 눈길을 돌리고
나는 날리는 눈송이 같이 하얗게 나풀거리는 허리를
눈으로 손으로 쓰다듬었다
자작나무와 나의 첫 만남이다

발자국이 발자국 따라 묵언수행

유 병 란

계절의 질서가 오래도록 쌓인 산사
마른 단풍잎을 떨궈내지 못한 가지마다
달과 별의 지문이 그물처럼 얽혀있는 후박나무는
눈을 감은 채 삼매에 듭니다

녹이 슬어 시들해진 내 발자국처럼
헐렁해진 계절이 절 마당을 쓸고 가는 저녁

미륵전 담벼락을 밀며 지나가는 해걸음 따라
잘려나간 고목 허리 그림자도 얼룩처럼 지나갑니다

끝내 목구멍을 넘어가지 못하는 내 슬픈 그늘처럼
구부러진 산길에 안개처럼 내려앉는 어둠

끝없이 떠돌다 온 흔들 수 없는 고요가 걸어옵니다

봄을 품은 비자나무 숲이
달빛을 따라가며 꽃눈을 부풀리는 동안
댓돌 위 고무신도 일렁이는 촛불 따라 밤새 뒤척입니다

통일전망대에 핀 찔레

유회숙

가슴에 묻은 이별
찔레꽃 핀다
야윌 대로 야윈 기다림 낯설지 말라며
피고 지는 하얀 산그늘

향기조차
빛바랜 사진 한 장
하얗게 하얗게
손끝 먼저 만져지는 까닭모를 아픔

통일전망대 저 너머
생사를 묻는
명치끝에 가시 같은 약속
찔레, 너를 부르며 강을 건넌다

폐역

이 경 숙

나는 씹다버린 껌이요
연극이 끝난 후 텅 빈 객석이요
떠나간 연인을 기다리지 않아도 되는 잊혀진 여인이다
있어도 없는 듯이,

사람들은 추억을 먹고 산다고 한다
팔 다리가 잘려나가고 몸뚱이만
휑하니 남아있는 객실 박제된 추억이 전시되고 있다
앞으로 나아갈 수도 뒤로 물러설 수도 없는 엉거주춤

묻지 못한 말을 바람에게 손짓하고
듣지 못한 말을 햇살에게 기별한다
시계는 바람벽에 걸려 있고 그림자도 움직이지 않는다

꿈에서 깨어나도 다시 꿈을 꾸는,
연착된 기차가 플랫홈에 걸려있는
그런 날들을…….

불심佛心

이 경 호

삼성각 약수터 우물엔
꽃잎으로 떠 있는 낙엽 하나

새벽을 깨운 노승老僧의 염불소리에
산새도 잠을 접고 불공을 드린다

바람에 흔들리는 풍경소리가
속새를 떠난 불자佛子의 마음은
초롱불을 밝혀든 채

차디찬 약수 한 모금으로
스님의 마음이 되었다가
새벽별로 반짝이는 부처가 된다

살다가 보면

이근배

살다가 보면
넘어지지 않을 곳에서
넘어질 때가 있다

사랑을 말하지 않을 곳에서
사랑을 말할 때가 있다

눈물을 보이지 않을 곳에서
눈물을 보일 때가 있다

살다가 보면 사랑하는 사람을
사랑하지 않기 위해서
떠나보낼 때가 있다

떠나보내지 않을 것을
떠나보내고 어둠 속에 갇혀

짐승스런 시간을 살 때가 있다
살다가 보면

레일

이덕주

어디 갔다 왔니. 너는 레일이야. 너의 친구는 나야. 너는 나를 앞서지 않았지, 어둠이 우리를 불러. 나는 너를 따라다니고, 그 밤, 달이 우리를 초대했어. 보름달이 아니면 또 어때. 우린 함께 다녔지. 공중을 지나가며 지하철 밖으로 나왔을 때. 비둘기도 너를 기다렸어.

기억이 가끔 너를 지워버려. 너를 기다릴 때도 있었던가. 기억이 쓰러지네. 브레이크가 사라지고 기억을 네가 가져갔니. 네가 내 안으로 들어와. 너는 나의 친구, 나는 네 안에서 나오고, 너의 눈 속에 내가 보여. 우린 두 개의 그림자. 그래, 나도 레일이야.

서울 숲에서 또 봄

이 민 자

바닥을 향해 점점 구부러지는 허리로
유모차를 끌고 가는 앙상한 손마디
정형외과 문턱을 오르려 안간힘을 쓴다

바보처럼 살아온 지난 세월이
빔 유모차 위에 바람으로 쌓이고
낙엽처럼 떨어지는 쓸쓸함

서울 숲 거닐다
날지 못하고 절룩이며 점점 숲으로 숨어들던
작은 새를 본적이 있다

노을을 등진 노파의 그림자가
부러진 딱새의 다리처럼 허공을 휘적이고
한생을 건너와 뒹구는 낙엽의 몸짓들만
가볍게 지나간다

세월이 먼지로 쌓이는 밤에

이 민 희

신발장 한구석에
젊음을 실어 나르던
구두 한 켤레 있다

잘 빼입은 정장 차림에
함께하면 당당했던 나
주인의 위상도 높여 주던 너

구두코에 먼지는 내려앉고
나처럼 주름진 얼굴에
내 이름까지 희미해졌는데

뜨거운 시간을 걸렀던 기억을 쓸어내리며
너의 몸에 슬픔이 쌓이는 저녁
저물어 간다

신발장 안의 너와
밖의 나는 내내 적막하다

시간의 파노라마 되돌려 보는
추억의 그림자 웅크리고 있다

봄빛 커피엔

이서연

봄 실린 커피잔엔
심장이 헤엄친다

몸 푸는 나무처럼
끈 풀린 꽃향처럼

맨살로
봄빛을 나르는
그대만이 담겼다

봄노래 재탕

이 석 정

매화나무가지에서는 봄노래를
들었다
올 봄도 역시 봄노래는
화창하다
어둠은 그림자도 찾을 수 없다
높은데서 낮은 데로
굴곡이 있는 곳은
굴곡진 대로 멘델스존
천상의 피아노곡을
좀체 입을 열지 않던 매화가
가슴을 열고
꽃노래를 쏟았다
꽃잎을 띄운 차 잔에서는
봄노래 향이 알맞게
우려져
여러 번 우려내도 간격 없는
봄맛을 재탕,
재탕하고 있다

술래잡이

이 용 주

산언덕 넘어 메아리가 들려와요

시작의 끝, 끝의 시작도 아닌
알츠하이머 흔적 같은
우울이 뿌리 깊은 고목 아래

산으로 가나요
들로 가나요
새벽에도 문을 열어야 하나요

수돗물을 틀어 놓고
구름길을 걸어가려 해요

그사이 담장 너머
아침이 잠 뒤로 숨어 버려요

어둠의 고랑이 넘쳐나는
아직도 살아있는 새들

어둠을 다 비우지 못해요

눈부처

이 혜 선

산나리 한 송이 눈 맞춰주세요

우리 아기 눈동자에 별이 떴어요

하늘의 별들이 전율하네요*

들판에 풀꽃들이 모두 피었어요

온 세상 강물이 반짝이며 흘러가요

* 다그니 케르너 임레 케르너 『장미의 부름』에서 인용

물고기종鐘

임솔내

답사 길에 얻어 온 작은 쇠종 하나를 현관에 달았다
무신* 때는 까맣게 잊고 산다
그도 내가 종종 걸음으로 저를
찾기 전까지는 나를 모른 채한다
절 기둥에 묵언으로 매달리던 그대로
문이 열렸다 닫힐 때까지
그의 입이 열리고 내 귀가 트인다
천지사방 떠돌며 내 발품 팔던 그 답이 죽죽 쏟아진다
절로 몸을 낮추는 내 드나들이는
물고기종鐘에게 드리는 예배시간이다
매달린 그 묵언들이 다 쏟아질 때까지
현관에 오체투지로 엎드린 신발들이 참 많다
수시로 내 집에서 열리는 화엄세계
저 노릿한 쇠종 하나가
천년 고찰의 전언傳言인 줄 몰랐었다

* 무신 : 여느의 방언

하구河口에서

임술랑

바다와 민물이 몸을 섞는 하구에서
썰물을 따라 빠르게 안겨드는 민물이여
어화漁火가 먼저 뜨고서 이어서 둥둥이라

모래톱을 길게 돌며 서성이다 돌아오면
휑하니 바람만 불고 오지도 않는 님
온데도 간데도 없는 모래 벌 위 자취여

나 이러고 서 있을거요
얻음과 버림의 경계에서
한 자국 디디면 나락奈落으로 떨어지는
생과 사
서슬이 퍼런
방황의 끝
결절決折이여

나비

임연규

한 생을

화려한 출가

가벼운

날개로

일생

피는 꽃에

절하고

지는 꽃에

절했습니다

그리운 북쪽
— 다시 통일전망대에서

전 인 식

길 끝나면 길은 없는 것일까
진달래만 가고 나만 남은
통일전망대

환히 불 밝히고 가는
진달래
뒤따르다 보면
봄 와도 볼 빠알간 가시내
그리운 북쪽

너와 나
다시 만날 수는 없을까
하나 될 수는 없을까
네 심장만큼 붉은
꽃 빛깔로

노을강

정복선

나도 한 그루 차나무였든가요
삼십 년, 오십 년,
발효시킨 한 줌 차였든가요
핏빛 젊음 혹은 절망이 숙성되듯
폭우 잦아져 는개 되듯
한 잔 또 한 잔 우려낼 때마다
엷어져 가는 삶의
쓰고 시고 떫은 이 맛
마침내, 발그레한 노을빛이 될 때
비추일 듯한 저 달빛

오후의 빨랫줄

정 영 선

빽빽했던 줄이 언제부턴가 휑하다
걸려있던 턱받이가 자라 양복이 되더니
삶의 바다로 흘러가 버렸다

가을걷이 끝난 텅 빈 들판처럼
이제 추수할 게 없는 빨랫줄은 느슨하고

그 빈자리에
지나가던 새소리와 한가한 뭉게구름과
추레한 옷 두 벌이 걸려 있다

소슬바람이 불자
남편의 셔츠 소매가
아내의 스웨터 어깨를 토닥거리고 있다

대추 1

정은혜

이른 아침 어김없이 내게
뽀뽀 하는 넌

흑진주 같은 두 눈과
식구가 식사를 할 때면 가장 먼저 자세 잡고 식탁 밑에 앉아 있는

비 올 때면 창가에 앉아
지나가는 행인을 보며 사색에 빠지고

이어폰이나 책을 너덜너덜 할 때까지 만들고

음식 앞에서는 온갖 다양한 소리로 호소하는 반려견

아득한 성자

조오현

하루라는 오늘
오늘이라는 이 하루에

뜨는 해도 다 보고
지는 해도 다 보았다고

더 이상 더 볼 것 없다고
알 까고 죽는 하루살이 떼

죽을 때가 지났는데도
나는 살아 있지만
그 어느 날 그 하루도 산 것 같지 않고 보면

천년을 산다고 해도
성자는
아득한 하루살이 떼

공명조共命鳥

주 경 림

설산에 사는 가루다와 우파가루다는
한 몸에 두 개의 머리를 가진 새,
교대로 잠을 잔다
우파가루다가 가루다가 잠잘 때
혼자만 향기 좋은 열매를 차지했다
깨어난 가루다가 그걸 알고
복수하려고 독이든 열매를 먹었다
한 몸이라 독이 퍼져 둘 다 죽고 말았다
그렇듯이, 한반도의 남과 북은
함께 살고 함께 죽어야하는 공명조.

그곳에 꽃이 핀다

진 준 섭

따뜻한 시선이
머무는 곳에 새싹이 돋아난다

눈길 하나 주는 이 없는 외진 곳
간절한 기다림이 있는 곳에
꽃이 핀다

더디 가더라도 귀기울여주며
닫힌 마음 열어주는 곳에
진한 향기 머금은 사랑의 열매가 열린다

연꽃론

채 들

진흙 속에
뿌리내린 인연은
숨 가쁜 호흡으로
날빛 달빛 오가며 경을 읽고
수면 위에다 등 하나를 켠다

진흙의 경계를 들어
수중의 경계를 들어
수면을 경계로 삼아
연꽃을 논하지 마라

나는 연잎 위에 고인
이슬방울 속으로
맨발로 걸어 들어가

저 우주에서 떨어진
달조각을 주워

못 속 깊은 하늘로 날아가리니

윤회

천 지 경

이놈의 자식
다음에
꼭 너 같은 애
낳아서 키워봐라

엄마를 보고 방긋 웃는
삼십 년 전 그날 그대로 모습인 첫돌 사진 보니
불현듯 미안하다

안녕, 내 아기들
다음 생에서도
엄마의 아들딸로 오너라
그때는 지금보다
더 열나게 노력해서
더 공부시키고
더 맛난 음식 해주고
더 예쁜 옷 사주고
더 좋은 집에 살게 해주는
능력 있는 엄마가 될게

사람입니까

청 화

숲속의 사냥꾼이 되어
멧돼지 사슴만 뒤쫓다가
사람을 잃어버린 사람이여

사람을 잃어버리고
중심부 나사가 빠진 기계처럼
온통 고장이 난 사람이여

온통 고장이 나
끝내 넘어서는 안 되는
붉은 선을 넘고 있는 사람이여

사람 사람 사람……
하 많은 사람들 속에서도
사람이 못내 그립습니다
아 사람을 만나고 싶습니다

묻노니
설령 물에 빠져

허우적일 그때에도
아무 지푸라기나 잡지 않는
흰 손을 가진 사람입니까

또 묻노니
낮은 지붕 밑
없는 듯이 살아도
사람이란 깃대 하나는
높이 세우고 있는 사람입니까.

아버지 서 계시다

최금녀

눈이 내리는 날
수색 지나 북쪽으로 핸들을 돌리면
통일로 길
손님 오시는 길

누군가 간절하게 뿌려놓아
붉게 붉게 피어나는 코스모스
전쟁기념탑 속 외로운 영령들도
뛰어나와 반기리라

크레파스 노란색 분홍색 풀어
개나리 철쭉으로 단장하면
이 봄, 그 손님
앞당겨 오실지도 몰라, 어쩌면

길 메어터지라고
함박눈처럼 사람들 쏟아져 나오고
그 맨 앞줄에
돌아가신 내 아버지 서 계시리.

그런 사람

최 대 승

아침햇살 오듯이
무장 없이 안기는 편안한 사람

호수처럼 가라앉히는
기분 좋은 사람

파란 하늘 올려보면 저절로
웃음이 떠오르는 사람

마냥 웃음이 되는 그런 사람
마냥 하늘이 되는 그런 사람

범종 소리

최 법 매

직지사 우람한 범종소리
황악산을 범음梵音으로 둘레질 하고
하늘과 땅 사이에 조화를 이루고자
언제나 변함없이 범종은 파문을 그리네.

저녁 포행나선 선승의 귀 언저리에는
새색시 볼처럼 진달래 꽃물 들이고
선승의 가슴에는
어느덧 무념무상無念無想의 해탈세계
범천의 제석왕도 무릎 꿇고 기도 올리네.

명적암 앞산의 부엉이는
오늘도 잠 못 이루고
아직도 돌아오지 않는 님을 위해
목 놓아 슬피 피를 토하고 있네.

여행을 떠난 산 까치
소식을 기다리며
온몸으로 다리가 저리도록 춤을 추고 있네.

하늘과 땅 사이에 조화를 이루고파

번뇌煩惱 보리菩提가 둘이 아닌 진리를 알리고파

오늘도 범종은 파문을 그리네.

새 주소

최 순 섭

언제부턴가 번지가 길로 바뀌었다

한 평도 안 되는 옛 번지에 살다
본향 찾아 새 주소로 이사 가신 분들은 어찌 살고 계실까

그 넓은 하늘 길에 김수환 추기경님과 법정스님이 함께 뒷짐 지고 산책하고 계셨다

이따금 폭포수 흘러넘치는 은하 길
한 귀 포장마차에는 천상병 시인과 중광 스님이 마주 앉아 깔깔깔 대폿잔을 기울이고 계셨다

옛 번지가 그리운지 모두
땅 아래를 바라보며 환하게 웃고 계시다

지나간다

최 혜 숙

연두에서 초록으로 건너가는 시간

시냇물에 발 담그고 노는데

하늘가 뭉게구름도 내려와 몸 담그며 지나간다

어디선가 꽃내음 날아와 향기를 보태는 이른 오후

맑은 물을 푸른 구름을 하얀 향기를

보자기에 돌 돌 말아 너에게 보내고 싶다

아득한 묘법

한 이 나

허공 한지에 고백처럼 선 하나 내리그었네

거친 생각이 무심한 듯 허공에
빗발치는 선
수도승처럼 수천수만 번 반복해 붓질하면
얻어질 반야의 저 색채요법

눈 감고 저를 비울수록 색이 깊네

내 안의 말을 줄이고
들끓는 색을 지우고
한밤내 긋고 또 긋는 붓질

자신의 모든 걸 바치는
패랭이꽃 치자꽃 자연을 닮은 묘법의
한 획,

나 절필해도 좋으리

묻지 마라

현 송

어젯밤 우리 임 가시면서
선물을 하나 주셨다
예쁜 거울이다

그리고는 이르시네
이제 얼굴은 그만보고
마음을 보라
거기에 너도 있고 나도 있단다
천상천하유아독존

겨울 고사古寺

형 정 숙

경판經板처럼 사무치게
당신 모습이 보고 싶어지면

차라리 종이 위에
키스를 하겠습니다

참을 수 없을 만큼 자지러지게
창호에 눈발이 들이치면

차라리 옷 벗고 누워
한 자 한 자

당신 모습을 천장에
사경寫經하겠습니다

산 넘어간 당신
산 넘어 되돌아올 때까지

연, 너를 본 후

홍순영

하얀 잎
수줍음을 머금은 분홍
엇갈린 모습으로 서로 바라만 볼 뿐

메마른 오후를 이겨내려는 듯
그늘을 안고 긴 호흡을 한다

바람자락에 가까스로 벌어진 꽃 속
연둣빛 연자가 고스란히 숨어
꽃들을 쏟아낸다

청록의 잎들이 수면 위를 발돋움하며
물들지 않으려는 듯 연을 피우고
있는 사이

난 헝클어진 아픔을 뙤약볕 아래
가지런히 녹이며
토해내지 못한 마음을 굽고 있다

내가 사는 세상

홍승우

내가 사는 세상
그 곳에
그 자리에
그 시간에 내가 없어도
미루나무는 흔들리고
버짐은 핀다

내가 사는 세상
그 곳에
그 자리에
그 시간에 내가 없어도
길 위에 길이 있고
타는 하늘 돌아누워도
돌아가는 세상

소식

황보림

입춘 즈음, 시냇물은
한 장의 긴 편지

저 긴 여운의 속내는
누가 쏟아내는 것일까

차마 소리 내지 못하고 흐르는
해독할 수 없는 언어들

피붙이를 향한
다산의 편지가 이러했을까

삭여내지 못한 사연들이
굽이굽이 퍼렇게 고여 있다

봄날 시냇물이 물푸레 빛
긴긴 편지로 흐르는 것은

겨우내 침묵하던 山이

언 가슴을 풀어내기 때문이다

울컥울컥 연둣빛
기별을 보내오기 때문이다.

야단법석 6

초판 1쇄 인쇄 | 2020년 05월 20일
초판 1쇄 발행 | 2020년 06월 06일

지은이 | 불교문예작가회
펴낸이 | 문혜관
편집인 | 이석정
편　집 | 김시림
디자인 | 쏠트라인saltline
펴낸곳 | 불교문예출판부

등록번호 | 제312-2005-000016호(2005년 6월 27일)
주　　소 | 03656 서울시 서대문구 가좌로2길 50
전화번호 | 02) 308-9520
전자우편 | bulmoonye@hanmail.net

ISBN : 978-89-97276-44-8 (03810)
값 : 10,000원

이 도서의 국립중앙도서관 출판예정도서목록(CIP)은 서지정보유통지원시스템 홈페이지(http://seoji.nl.go.kr)와 국가자료종합목록 구축시스템(http://kolis-net.nl.go.kr)에서 이용하실 수 있습니다.
(CIP제어번호 : CIP2020018916)